我叫皮皮，
我可以放出超大声的臭屁。
幼儿园里有好吃的、好玩的，
有好朋友，还有猴子老师。
我喜欢猴子老师，我还喜欢孙悟空。
我爱上幼儿园。

图书在版编目(CIP)数据

嘘，午安 / 陈梦敏著；星星鱼绘. — 北京：北京科学技术出版社，2018.11（2019.9重印）
（爱上幼儿园）
ISBN 978-7-5304-9828-6

Ⅰ. ① 嘘… Ⅱ. ①陈… ②星… Ⅲ. ①学前教育 – 教学参考资料 Ⅳ. ①G613

中国版本图书馆CIP数据核字（2018）第212792号

嘘，午安（爱上幼儿园）

作　　者：陈梦敏
策划编辑：代　冉
责任印制：李　茗
出 版 人：曾庆宇
社　　址：北京西直门南大街16号
电话传真：0086-10-66135495（总编室）
0086-10-66161952（发行部传真）
电子信箱：bjkj@bjkjpress.com
经　　销：新华书店
开　　本：889mm×1194mm　1/16
版　　次：2018年11月第1版
ISBN 978-7-5304-9828-6/G・2816

绘　　者：星星鱼
责任编辑：代　艳
图文制作：天露霖
出版发行：北京科学技术出版社
邮政编码：100035
0086-10-66113227（发行部）

网　　址：www.bkydw.cn
印　　刷：北京捷迅佳彩印刷有限公司
印　　张：2.25
印　　次：2019年9月第3次印刷

定价：35.00元

嘘，午安

陈梦敏◎著　　星星鱼◎绘

北京科学技术出版社

现在是午休时间。

小朋友们一个个都钻进了被窝，该睡午觉了。

“闭上嘴巴，闭上眼睛，
一会儿呀，小枕头里会有美梦钻出来。”
莎莎老师说。

可是，皮皮睡不着。
翻过来，睡不着。
翻过去，睡不着。
他突然想起了一个小笑话……

他伸出手，轻轻捅了捅旁边的小桃。
“小桃，你想不想听笑话？”
“嘘，别吵，皮皮！”小桃说，
“我们该睡午觉了。”

那就讲给小团子听吧。

“小团子，给你讲个笑话。”

“嘘，皮皮，别吵……”

小团子好像被瞌睡虫缠上了。

“皮皮，别吵。”发现皮皮在捣乱，
莎莎老师来到皮皮床前，轻声说，
“闭上嘴巴，闭上眼睛，一会儿呀，
会有美梦从小枕头里钻出来。”

皮皮把自己藏到被窝里。
这被窝多像一条黑乎乎的隧道哇！
呜呜呜——
“皮皮火车”钻隧道喽！

“皮皮火车”叫得太大声，莎莎老师又来了。
“皮皮，别吵。闭上嘴巴，闭上眼睛，
一会儿呀，会有美梦从小枕头里钻出来。”

皮皮不想要什么美梦，皮皮想——
“老师，我要尿尿！”
“嘘，轻一点儿，别吵到其他小朋友。”
莎莎老师轻声说。

皮皮尿了一点点尿，慢吞吞地穿好裤子，
他还在窗口看了看马路上的汽车。
要不是莎莎老师催促，皮皮才不愿意回睡房呢。

小朋友们都睡着了，
睡房里真安静。

路过熊熊床前时，皮皮看到
熊熊嘴角有一条晶莹的哈喇子。
哈，他一定梦到了好吃的！
皮皮揪了揪熊熊的鼻子。

“皮皮，快回到你床上去，不要打扰别的小朋友。”
莎莎老师温和而坚定地说。

可是，皮皮还是睡不着。
翻过来，睡不着。
翻过去，睡不着。

“皮皮，乖乖的，闭上嘴巴，闭上眼睛。”莎莎老师坐到皮皮床前，轻轻哼起摇篮曲。

慢慢地，皮皮的眼睛睁不开了。他在莎莎老师的歌声里，渐渐坠入了梦乡。

皮皮真的做了个美梦。
他梦见一只会吹泡泡的小恐龙，
他请求小恐龙吹一个大泡泡给自己。
小恐龙吹呀吹，泡泡越来越大……

突然，熊熊蹿出来，大喊一声“皮皮”，
小恐龙吓得浑身一抖，泡泡砰的一声破了。
“熊熊，别吵！”皮皮生气地喊道。

“该起床啦！”熊熊的声音真的在皮皮耳边响起。

“人家还没睡够呢。”皮皮嘟哝着。

下午，皮皮有点儿打不起精神。
他把儿歌背得乱七八糟，
把苹果画成了枕头的形状。

跟熊熊比赛不眨眼，皮皮竟然输了。

莎莎老师讲故事的时候，
皮皮觉得自己的眼皮变得好重，
头也开始一点儿一点儿地垂了下去。
小小的呼噜声从皮皮的座位传来。

“瞧呀，皮皮变成睡美人了！”有个小朋友说。
大家都忍不住笑了。
被吵醒的皮皮觉得好难为情。

第二天，又到了午休时间。

皮皮乖乖地躺在被窝里，对自己说：

“嘘，皮皮，别吵，闭上嘴巴，闭上眼睛，

一会儿呀，会有美梦从小枕头里钻出来。”